Rédactrice :
Anne Delabre

COURS DE REVISION

Le cours de révision est composé de trois dossiers.

1. **Un bilan-test de début de cours**, assorti de son corrigé, qui permet de repérer les éventuelles difficultés et de mieux orienter ses révisions.

2. **Le cours.** 4 ou 5 séries de travail avec des leçons et des exercices d'application. Ceux-ci sont autocorrectifs.

3. **Corrigé des exercices.** Ce sont les corrigés des exercices du cours.

COMMENT ETUDIER SON COURS ?

Etudiez une série de travail par semaine en faisant tous les exercices d'application, en vérifiant leur exactitude avant de passer à la série suivante. Si nécessaire, revoyez la leçon et refaites les exercices.

CONSEIL

Travaillez régulièrement chaque jour.

Bon travail !

BILAN TEST

1- <u>Cochez l'orthographe correcte</u> :

- Les __(a)____ des ___(b)___ sont exposés au Louvre

(a)	Ω bijoux	Ω bijous	Ω bijou
(b)	Ω Bourbon	Ω Bourbons	

1/1 pt

2- <u>De quels compléments s'agit-il</u> ?

- **Tous les matins**, il se rend **à son travail**

Tous les matins
Ω compl. circonstanciel de temps
Ω compl. circonstanciel de cause
Ω compl. circonstanciel de lieu
Ω compl. circonstanciel de but
Ω compl. circonstanciel de moyen
Ω compl. circonstanciel de manière

à son travail
Ω compl. circonstanciel de temps
Ω compl. circonstanciel de cause
Ω compl. circonstanciel de lieu
Ω compl. circonstanciel de but
Ω compl. circonstanciel de moyen
Ω compl. circonstanciel de manière

1/1 pt

3- <u>Quelle est la fonction des noms soulignés</u> ?

- Elle écrit **<u>une lettre</u>** **<u>à une amie</u>**

<u>une lettre</u>	Ω COD	Ω COI	Ω CO second
<u>à une amie</u>	Ω COD	Ω COI	Ω CO second

1/1 pt

4- <u>Quelle est la bonne conjugaison</u> ?

- Verbe PAYER au présent de l'indicatif

Ω je pai tu paies il pait nous payons vous payez ils paient	Ω je paie tu paies il paie nous payons vous payez ils payent	Ω je paie tu paies il paie nous payons vous payez ils paient

0,5/0,5 pt

5- <u>Quelles expansions du nom trouve-t-on dans la phrase suivante</u> ?

- La maison **de ma grand-mère** est construite en bord **de mer**

de ma grand-mère Ω adjectif épithète Ω complément du nom Ω apposition

de mer Ω adjectif épithète Ω complément du nom Ω apposition

1/1 pt

6- <u>Les deux propositions sont-elles juxtaposées ou coordonnées</u> ?

- Il s'est cassé la jambe donc il ne peut pas jouer au foot avec vous

Ω proposition juxtaposée Ω proposition coordonnée

1/1 pt

BILAN TEST

7- **Complétez par la réponse qui convient** :

- ___**(a)**___je ne sais pas ___**(b)**___ c'___**(c)**___ ___**(d)**___ comment m'___**(e)**___ rendre, je serai en retard

(a)	Ω si	Ω s'y	Ω s'i
(b)	Ω ou	Ω où	
(c)	Ω est	Ω ai	Ω et
(d)	Ω n'i	Ω n'y	Ω ni
(e)	Ω i	Ω y	

2,5/2,5 pts

8- **Donnez la fonction des adjectifs qualificatifs** :

- La mer **moutonneuse**, **obscure**, **déchaînée** restait **belle**

moutonneuse	Ω épithète	Ω attribut	Ω apposé ou épithète détachée
obscure	Ω épithète	Ω attribut	Ω apposé ou épithète détachée
déchaînée	Ω épithète	Ω attribut	Ω apposé ou épithète détachée
belle	Ω épithète	Ω attribut	Ω apposé ou épithète détachée

2/2 pts

9- **Quelle est la proposition principale et quelle est la proposition subordonnée** ?

- Quand j'aurai fini mes devoirs, je viendrai

Quand j'aurai fini mes devoirs	Ω proposition principale
	Ω proposition subordonnée
je viendrai	Ω proposition principale
	Ω proposition subordonnée

1/1 pt

10- **Trouvez la bonne réponse** :

- ___**(a)**___vase là, qu'elle ___**(b)**___ acheté, est horrible

(a)	Ω ce	Ω se
(b)	Ω s'est	Ω c'est

1/1 pt

11- **Quelle est la nature du mot souligné** ?

- **Cet** article est abîmé

Cet
- Ω adj. démonstratif
- Ω adj. possessif
- Ω adj. indéfini

0,5/0,5 pt

12- **A quelle voix se trouve la phrase** ?

- Je suis tout le temps embêtée par mon frère.

Ω voix active Ω voix passive

0,5/0,5 pt

13- **Trouvez les bonnes réponses** :

- ___**(a)**___n'a pas pu les prévenir,___**(b)**___ils ___**(c)**___ partis, ___**(d)**___était occupé

(a)	Ω on	Ω ont
(b)	Ω quant	Ω quand
(c)	Ω sont	Ω ont
(d)	Ω on	Ω ont

2/2 pts

BILAN TEST

14- Quelle est la nature des pronoms ?

- **Je** **lui** ai pris sa brosse, **elle** **m'** a pris **la mienne**

Je
Ω pronom personnel
Ω pronom démonstratif
Ω pronom possessif
Ω pronom relatif
Ω pronom indéfini
Ω pronom interrogatif

lui
Ω pronom personnel
Ω pronom démonstratif
Ω pronom possessif
Ω pronom relatif
Ω pronom indéfini
Ω pronom interrogatif

elle
Ω pronom personnel
Ω pronom démonstratif
Ω pronom possessif
Ω pronom relatif
Ω pronom indéfini
Ω pronom interrogatif

m'
Ω pronom personnel
Ω pronom démonstratif
Ω pronom possessif
Ω pronom relatif
Ω pronom indéfini
Ω pronom interrogatif

la mienne
Ω pronom personnel
Ω pronom démonstratif
Ω pronom possessif
Ω pronom relatif
Ω pronom indéfini
Ω pronom interrogatif

2,5/2,5 pts

15- Y-a-t-il une subordonnée complétive dans la phrase ?

- Je ne souhaite qu'une chose : ton bonheur

Ω oui
Ω non

0,5/0,5 pt

16- Quelle est la bonne terminaison ?

- La photo que j'ai pri___ est réuss___

Ω pris
Ω prise
Ω réussi
Ω réussie

1/1 pt

17- Trouvez les bonnes réponses ?

- Je ne ___**(a)**___ pas ___**(b)**___ prêter ma voiture, j'en ai besoin

(a) Ω peu Ω peux
(b) Ω leur Ω leurs

1/1 pt

CORRIGE DU BILAN TEST

1- Reprendre leçon 1, série 1 (le nom)

(a) Ω bijoux
(b) Ω Bourbons

2- Reprendre leçon 2, série 1, (les fonctions du nom)

Tous les matins Ω compl. circonstanciel de temps
à son travail Ω compl. circonstanciel de lieu

3- Reprendre leçon 2, série 1, (les fonctions du nom)

une lettre Ω COD
à une amie Ω CO second

4- Reprendre leçon 1, série 2 (les verbes du 1er groupe)

Ω je paie
tu paies
il paie
nous payons
vous payez
ils paient

5- Reprendre leçon 2, série 2 (l'expansion du nom)

de ma grand-mère Ω complément du nom
de mer Ω complément du nom

6- Reprendre leçon 2, série 2 (les propositions, juxtaposition et coordination)

Ω proposition coordonnée

7- Reprendre leçon 4, série 2 (les homophones grammaticaux)

(a) Ω si
(b) Ω où
(c) Ω est
(d) Ω ni
(e) Ω y

8- Reprendre leçon 1, série 3 (l'adjectif qualificatif)

moutonneuse Ω épithète
obscure Ω apposé
déchaînée Ω apposé
belle Ω attribut

9- Reprendre leçon 2, série 3 (les propositions)

Quand j'aurai fini mes devoirs Ω proposition subordonnée
je viendrai Ω proposition principale

CORRIGE DU BILAN TEST

10- Reprendre leçon 4, série 3 (orthographe grammaticale)

(a) Ω ce
(b) Ω s'est

11- Reprendre leçon 1, série 4 (les déterminants du nom)

Cet Ω adj. démonstratif

12- Reprendre leçon 2, série 4 (voix active, voix passive)

Ω voix passive

13- Reprendre leçon 4, série 4 (orthographe grammaticale)

(a) Ω on
(b) Ω quand
(c) Ω sont
(d) Ω on

14- Reprendre leçon 1, série 5 (les pronoms)

Je Ω pronom personnel
lui Ω pronom personnel
elle Ω pronom personnel
m' Ω pronom personnel
la mienne Ω pronom possessif

15- Reprendre leçon 2, série 5 (les sub.complétives)

Ω oui

16- Reprendre leçon 2, série 5 (l'accord du participe passé)

Ω prise
Ω réussie

17- Reprendre leçon 3, série 5 (les homonymes grammaticaux)

(a) Ω peux
(b) Ω leur

SCORE	/20

Au dessus de 15 points : *c'est un bon début. Ne relâchez pas les efforts. Vous pouvez maintenant commencer l'étude de votre cours.*

Entre 13 et 15 points : *vous avez bien réussi ce test mais quelques finesses de la langue vous ont échappé. Regardez bien les points qui vous ont causé des soucis*

Entre 10 et 13 points : *vos résultats sont un peu trop moyens. Savez-vous bien ce qu'est une proposition principale et une proposition juxtaposée, arrivez-vous bien à faire la différence dans tous les pronoms, les adjectifs possessifs ?*

En dessous de 10 points : *revoyez particulièrement votre grammaire grâce à ce cours de révision. N'avancez pas trop vite dans le cours, repérez bien les différents mécanismes de la langue française. Faites à votre rythme les exercices autocorrectifs .*

SOMMAIRE

1ère SÉRIE

2ème SÉRIE

SOMMAIRE

5ème SÉRIE

Première leçon :

Grammaire
Les pronoms

Conjugaison
Les verbes du 3ème groupe en -OIR et -RE

Deuxième leçon :

Grammaire
Les propositions subordonnées complétives.
L'accord du participe passé.

Troisième leçon:

Dictée d'entraînement
« Récitation » de Jacques de Lacretelle

Quatrième leçon:

Orthographe
Mots commençant par :
-échauf, échap, échop, es, échaf, el, ep
-hon, rap, er, gar, hor, red
LEURS et LEUR, PEU et PEUT

Vocabulaire
Champ lexical et champ sémantique

METHODE DE TRAVAIL

ETUDE DU COURS

Votre premier travail dans chaque série est l'étude des leçons.

Pour vous préparer au devoir faites toujours les exercices qui vous sont proposés à la fin de chaque leçon au moment où vous y êtes invité. Corrigez-les vous-même à l'aide des corrigés placés en fin de manuel (corrigés des exercices).

LA DICTEE

Une dictée vous est proposée dans chaque série à la troisième leçon.

Avant de vous faire dicter le texte, étudiez-le attentivement :

- lisez le texte,
- copiez les mots qui vous semblent difficiles,
- cherchez dans le dictionnaire le sens des mots que vous ne connaissez pas.

ECRITURE ET PRESENTATION

La clarté facilitant la tâche du correcteur, celui-ci notera plus largement un devoir bien présenté, écrit lisiblement et sans fautes d'orthographe !

.

SOMMAIRE

1ère SÉRIE

📖 COURS

1ère SÉRIE

1ère leçon

GRAMMAIRE

I/ Le nom

- **Noms propres** *(ex François)* ≠ **noms communs** *(ex : garçon)*
- **Noms simples** *(ex : manteau)* ≠ **noms composés** *(ex : portemanteau)*
- **Noms animés** *(ex : boulanger)* ≠ **noms inanimés** *(ex : chaise)*
- **Noms abstraits :** *Désignent des idées ou des sentiments (ex : oubli, désir).*
- **Noms concrets :** *Désignent des êtres vivants, des objets (ex : bébé, mur).*
- Noms **collectifs** : ***Désignent un ensemble d'êtres ou d'objets (ex : groupe, clientèle).***

- **Genre des noms :** **masculin** *(ex : papier)*
  féminin *(ex : feuille)*

Remarque :

Pluriels irréguliers	**- en « x » :**	*journal, journaux*
	- des noms étrangers :	*gentleman, gentlemen*
	- des noms propres :	*les Duponts ou Dupont*
mais « s » pour :	**- les noms de familles illustres :**	*les Bourbons*
	- les noms de peuples :	*les Espagnols*

II/ Les déterminants du nom : l'article

Rappel : ***les articles sont toujours placés devant le nom.***

Leur emploi :

- **L'article défini :** détermine un nom connu dont il a déjà été question ou précisé par la suite.
- **L'article indéfini** : détermine un nom dont il n'a pas encore été question ou non précisé par la suite.
- **L'article partitif** : détermine un nom désignant une chose qu'on ne peut compter ou une partie d'un tout.

Ex : *Tu as de la chance – Je veux du gâteau.*

Attention ! Ne pas confondre :

du : article partitif : ***Ex : Donne-moi du pain (un peu de)***

du : article défini contracté : ***Ex : La femme du boulanger (de + le)***

des : article indéfini : ***Ex : Des souris et des hommes (pluriel de un, une)***

des : article défini contracté **:** ***Ex : La clé des songes (de + les)***

Absence d'article : souvent dans les proverbes.

Ex : Pierre qui roule n'amasse pas mousse.

COURS | 1ère SÉRIE | 1ère leçon

CONJUGAISON

I/ Généralités sur le verbe

Révisions : Qu'entend-on par :

1. Radical et terminaison ?
2. Temps et modes ?
3. Verbes et auxiliaires ?
4. ETRE et AVOIR : revoir la conjugaison

II/ Verbes défectifs

Verbes dont la conjugaison est incomplète.

1. Soit ils ne sont pas conjugués à toutes les personnes :

   Ex : pleuvoir, falloir... : verbes impersonnels.
2. Soit ils ne sont pas conjugués à tous les temps :

   Ex : choir, clore, taire ...
3. Soit un grand nombre de leurs formes sont inusitées aujourd'hui

   Ex : gésir, ouïr, occire.

Exercice 1

Faites accorder les mots entre parenthèses

Les (César) étaient très célèbres à Rome.

Il a dévalisé tous les (coffre-fort).

Le jardinier a ramassé trois (chou).

Il existe de nombreux (soupirail) dans cette ville.

Exercice 2

Employez les noms suivants dans deux groupes nominaux où ils seront tantôt animés, tantôt inanimés.

secrétaire – avocat - vedette

EXERCICES **1ère SÉRIE** ***1ère leçon***

Exercice 3

Faites précéder chaque nom du déterminant qui convient.

mimique - remarque - album - risée - région - mausolée - alcool - anse - argent - trophée (si besoin est, consultez un dictionnaire)

Exercice 4

Donnez la nature des articles dans les phrases suivantes (article défini, article défini contracté, article partitif…)

Au dessert, on goûte au vin blanc mousseux.

Je mange du miel au petit déjeuner.

La mésange et l'alouette sont des oiseaux.

Les moissonneurs sont aux champs du matin au soir.

Je respire avidement l'air frais de la nuit.

Exercice 5

Mettez les verbes entre parenthèses au temps et au mode convenables.

Bien qu'il (pleuvoir) nous avons passé une excellente journée.

Il (gésir) au fond de son lit depuis qu'il est parti.

Je ne pense pas que tu (devoir) te faire du souci.

Comment (faire) tu pour venir au match demain ?

Je suis déçu que vous ne me (rejoindre) pas à la campagne.

GRAMMAIRE

I/ Les fonctions du nom

1. **Sujet du verbe** : — *Ex : **Paul** mange.*

2. **Complément d'objet**
   a) direct (sans préposition) — *Ex : L'enfant mange une **pomme.***
   b) indirect (avec préposition) — *Ex : Saurez-vous répondre à la **question** ?*

3. **Complément d'objet second** (avec préposition) *Ex : Il donne une pomme **à sa sœur.***

4. **Complément circonstanciel**
   a) temps — *Ex : Un **soir**, il rentra très tard.*
   b) cause — *Ex : Il est mort **d'intoxication**.*
   c) lieu — *Ex : Il vit dans une **ville**.*
   d) but — *Ex : Il travaille pour la **gloire**.*
   e) moyen — *Ex : Il est venu en **train**.*
   f) manière — *Ex : J'appris la nouvelle avec **joie**.*

5. **Complément d'agent**
   avec préposition : **par** ou **de** — *Ex : L'enfant est mordu **par** le **chien**.*

6. **Complément de détermination**
   a) complément d'un nom — *Ex : la chemise du **serveur** est noire.*
   b) complément d'un pronom — *Ex : Celle de la **cuisinière** est verte.*
   c) complément d'un adjectif — *Ex : Il est amoureux de sa **voisine**.*

7. **Attribut du sujet**
   Avec les verbes d'état — *Ex : cet endroit est un **paradis**.*

8. **Mis en apposition** — *Ex : Le Colorado, état d'Amérique, est aride.*

9. **Mis en apostrophe** — *Ex : Garçon, apportez l'addition.*

II/ Les propositions

Définitions :

a) La **proposition** est un groupe de mots qui contient un verbe conjugué.
b) La **phrase simple** contient une seule proposition.
c) La **phrase complexe** comprend au moins deux propositions.
d) La **proposition indépendante** ne dépend d'aucune autre proposition et aucune autre ne dépend d'elle.

Remarque :

Une proposition indépendante est dite **incise** lorsqu'elle est placée entre les différents termes d'une autre proposition (entre virgules)

*Ex : Il a, **dit-il**, beaucoup voyagé.*

✐EXERCICES | **1ère SÉRIE** | *2ème leçon*

Exercice 1

Donnez la fonction des mots en gras :

L'inondation a ravagé le **village**.

L'argent, c'est bien connu, contribue au **bonheur**.

Tu es devenu un grand **garçon**.

Le mendiant indique le **chemin** au **voyageur**.

Nous sortîmes dans la **nuit**, sans **bruit**.

Le prisonnier est recherché par la **police**.

Exercice 2

Combien de propositions contient chaque phrase de ce texte ?
(Précisez le début et la fin de la phrase)

Bien des années se sont écoulées depuis cette terrible aventure [...] A force de travail et de persévérance, j'ai conquis ma place au soleil, et je gagne honorablement ma vie en faisant des œuvres d'art, le seul but, suivant moi, auquel tout véritable artiste doit s'efforcer d'atteindre. Mais le souvenir de l'esquisse nocturne m'est toujours resté dans l'esprit. Parfois, au beau milieu du travail, ma pensée s'y reporte. Alors, je dépose la palette et je rêve durant des heures entières.

Erckmann-Chatrian, "L'esquisse mystérieuse".
in l'Oeil invisible, © Union générale d'édition.

📖 COURS

1ère SÉRIE

3ème leçon

DICTEE D'ENTRAINEMENT

Le retour de Thésée

Thésée voguait joyeusement vers Athènes où son vieux père, fou d'inquiétude, guettait anxieusement le retour du navire. [...] Mais quand le pauvre roi vit à l'horizon la voile noire, il crut que son fils bien aimé était mort et se jeta à la mer. Elle porte encore son nom : on l'appelle la mer Egée.

On dit que Thésée avait oublié sa promesse de changer la voile du bateau : c'est bien possible. On dit également qu'il fut très attristé de la mort de son père. [...] Mais cela ne l'empêcha pas de monter très vite sur le trône d'Athènes, après les sacrifices de circonstance.

Il s'occupa aussitôt de réorganiser le royaume, avec d'ailleurs beaucoup d'intelligence.

De son règne, affirmait-on, datait la puissance d'Athènes, car il soumit les bourgades voisines et leur imposa sa domination. Quand son grand-père mourut, lui léguant le trône de Trézène, Thésée réunit ses deux possessions. Il y ajouta encore son royaume personnel d'Eleusis et grâce à lui le territoire d'Athènes s'agrandit considérablement.

René Simon, la Mythologie grecque et romaine, © éd.Nathan

QUESTIONS

A. Compréhension

L'auteur donne ici l'origine du nom de la mer Egée, dites en quoi elle consiste.

B. Vocabulaire et formation des mots

1) Dans le texte donnez la signification des mots suivants :
Inquiétude, ***Domination,*** ***Territoire***
2) Expliquez la formation de ces trois mots.
- ***préfixe,*** ***radical,*** ***suffixe***
3) Trouvez deux mots composés dans le texte.

C. Conjugaison

Relevez quatre verbes contenant un préfixe dans le dernier paragraphe.
Séparez-les du radical.

D. Grammaire

1) Nature du déterminant suivant : ***du (navire)***
Emploi du déterminant suivant : ***le (pauvre roi)***
2) Fonction des noms suivants :
retour (l.2) ***navire (l.2)*** ***mort (l.7)***

E. Orthographe grammaticale

Justifiez l'orthographe de où (l.1) et à (l.3)

COURS | 1ère SÉRIE | 4ème leçon

VOCABULAIRE - ORTHOGRAPHE

I/ La formation des mots

La langue française se compose de mots **simples, dérivés, composés.**

Définitions : *les mots **dérivés** sont formés d'un mot **simple** ou d'une partie de ce mot appelée **radical**, d'un **préfixe** (devant) et d'un **suffixe** (derrière).*

Ex : mot simple : lit
mot dérivé : literie
mot composé : wagon -lit

Une famille de mots regroupe les mots ayant le même radical ou un radical (racine) voisin et une idée de sens commune.

Ex : port, porter, porteur, déporter, déportation, comporter, comportement.

Attention !

Certains mots semblent avoir le même radical que d'autres mais si aucune notion de sens ne les relie, ils n'appartiennent pas à la même famille.

Ex : terreux et terreur

II/ Orthographe d'usage

1. Les mots commençant par AB, AD ne prennent qu'un "b" ou un "d".

Exceptions : - *abbé et ses dérivés*
- *addition et ses dérivés*
- *adducteur*

2. Les mots commençant par AF prennent deux "f".

Exceptions : - *afin*
- *Afrique et Africain*

3. Les verbes commençant par AP prennent deux "p".

Exceptions : *Apaiser, apercevoir, apitoyer, aplanir, apeurer, aplatir, apostropher.*

III/ Orthographe grammaticale

1. ou et où — "**Ou**" conjonction de coordination (signifiant "ou bien") ne prend pas d'accent.
"**Où**" indiquant le lieu ou le temps prend un accent (Pr. Relatif)

2. a et à — "**a**" présent de l'indicatif du verbe avoir (peut être remplacé par "avait") ne prend pas d'accent.
"**à**" préposition, prend un accent.

Exercice 1

Remplacez les petits points par ou, où, a, à :

L'enfant …… mal ….. la tête.
Voici la ville …… je suis né.
Rester …… partir nous ne savons quel parti prendre.
Sherlock Holmes ….. résolu l'énigme.
Elle songe ….. ses amis.

SOMMAIRE

2ème SÉRIE

Première leçon : **Grammaire**

Le pluriel des noms composés
sens des noms = selon leur nature

Conjugaison
les verbes du 1er groupe

Deuxième leçon : **Grammaire**

L'expansion du nom
Les propositions

Troisième leçon : **Dictée d'entraînement**

Rêve de Ray Bradbury

Quatrième leçon :**Orthographe**

Mots commençant par :
BAC, BAIL, BAN, BAF, BAL
Les homophones grammaticaux : EST, AI
SI et S'Y
NI et N'Y

Vocabulaire
Synonymes et antonymes

📖 COURS — 2ème SÉRIE — *1ère leçon*

GRAMMAIRE

I/ Le pluriel des noms composés

1. Les noms composés qui s'écrivent en un seul mot

Ils forment leur pluriel comme des noms simples.

Ex : un pourboire, des pourboires

Remarque :

Font exception :			
	Monsieur	⇨	*Messieurs*
	Madame	⇨	*Mesdames*
	Mademoiselle	⇨	*Mesdemoiselles*
	Bonhomme	⇨	*Bonshommes*
	Gentilhomme	⇨	*Gentilshommes*

2. Les noms composés qui s'écrivent en plusieurs mots.

Seuls le nom et l'adjectif peuvent prendre la marque du pluriel. Mais cela dépend du rapport de sens qui unit les éléments du mot composé.

- Nom + nom apposé, les deux éléments varient.
  Un chou-fleur – des choux-fleurs
- Nom + complément du nom, seul le 1er élément varie.
  Une pomme de terre – des pommes de terre
- Nom + adjectif épithète, les deux éléments varient.
  Un coffre-fort – des coffres-forts
- Adjectif épithète + nom, les deux éléments varient.
  Une basse-cour – des basses-cours
- Verbe + nom complément d'objet, le verbe ne bouge pas, le 2ème varie seulement si le sens l'exige.
  Un couvre-lit – des couvre-lits (plusieurs lits)
  Un gratte-ciel – des gratte-ciel (un seul ciel)
- Préposition + nom, seul le nom varie.
  Une contre-offensive – des contre-offensives

II/ Sens différent des noms selon leur nombre

Certains noms changent de sens en changeant de nombre.

Ex : Le ciseau (du menuisier), les ciseaux (de la couturière)
La lunette (de l'astronome), les lunettes (du myope)

Remarque : pour éviter les erreurs, il convient de vérifier dans le dictionnaire.

📖 COURS

2ème SÉRIE

1ère leçon

CONJUGAISON

Les verbes du premier groupe

***Définition** : Les verbes du premier groupe comportent les verbes dont l'infinitif est en **-er**.*

Remarque : Revoir dans un tableau de conjugaisons les particularités des verbes du premier groupe.

- verbes en	- CER - GER
- verbes en	-OYER -UYER -AYER
- verbes en	-ELER - ETER
- verbes du type	- semer - espérer

Exercice 1

Parmi les noms suivants, distinguez ceux qui n'existent qu'au pluriel et employez-les dans une courte phrase.

les obsèques	les vivres	les environs
les ténèbres	les victuailles	les espèces
les frais	les funérailles	les fiançailles
les pierreries.		

Exercice 2

Ecrivez correctement les verbes entre parenthèses (au présent de l'indicatif et à l'imparfait).

tu (appuyer)

nous (nager)

elles (appeler)

ils (renouveler)

je (semer)

Ils (jeter)

📖 COURS

2ème SÉRIE

2ème leçon

GRAMMAIRE

I/ L'expansion du nom

Un groupe nominal (GN) a pour noyau le nom et son déterminant. Il peut recevoir des expansions qui le précisent et l'enrichissent :

-un adjectif épithète
-un complément du nom
-l'apposition

1. L'adjectif épithète

a) Définition : *L'épithète est un adjectif qui n'est pas séparé du nom par une virgule. Lorsque l'épithète est séparé du nom par une virgule on parle* ***d'épithète détachée*** *ou d'****apposition****.*

Ex : L'homme, ***soucieux****, marchait de long en large.*

b) Nature :
- soit un adjectif — *Ex : de* ***belles*** *maisons.*
- soit un participe passé — *Ex : un chien* ***roué*** *de coups.*
- soit un participe présent — *Ex : des lustres* ***étincelants****.*

c) Accord : l'adjectif épithète s'accorde en genre et en nombre avec le nom qui l'accompagne.

Ex : Des ombrelles ***bleues****.*

d) Remarque : quand l'adjectif est épithète de deux noms de genres différents le masculin l'emporte.

Ex : Un garçon et une fille ***gentils****.*

2. Le complément du nom

a) ***Définition*** : *la plupart du temps il donne des précisions sur l'appartenance, l'origine, le lieu, la matière …*

b) ***Construction*** : placé derrière le nom, il est relié à lui par une préposition :

à, de , par, pour, sans, en, contre.

c) ***Nature*** :
- un nom ou un groupe nominal : le froid du **matin**
- un pronom : la joie de **tous**
- un infinitif : un fer à **repasser**
- un adverbe : un ami de **toujours**

d) ***Remarque*** : il arrive que le complément du nom soit directement relié au nom (sans préposition).

Ex : un café crème (avec de la crème) – les éditions Magnard (de Monsieur Magnard).

🕮 COURS | **2ème SÉRIE** | ***2ème leçon***

3. L'apposition

a) Définition *: elle établit souvent un rapport d'identité avec le nom auquel elle se rapporte ; elle désigne la même chose ou le même être que ce nom ou ce pronom.*

b) Construction : le mot ou le groupe de mots mis en apposition est séparé du nom auquel il se rapporte par une virgule. Il peut suivre ou précéder le nom auquel il se rapporte.

Ex : Le bruit, la plaie des villes modernes.

le nom mis en apposition peut se construire de trois façons différentes :

- séparé par une virgule,	***Ex : mon père, ce héros magnifique ...***
- directement accolé au mot,	***Ex : le peintre Manet – le mont St Michel***
- relié au mot par la préposition de	***Ex : la ville de Paris (ville = Paris)***
	≠une ville d'Espagne : complément du nom ville

c) Nature : l'apposition peut être :

- un nom ou un groupe nominal –	*Ex : Charlemagne,* ***empereur à la barbe fleurie****, revient d'Espagne.*
- un adjectif –	*Ex : le corbeau,* ***honteux et confus****, jura mais un peu tard... (La Fontaine)*
- un pronom –	*Ex : François,* ***lui****, partira en vacances.*
- un infinitif –	*Ex : son rêve,* ***visiter*** *l'Inde, a été exaucé.*
- une proposition subordonnée –	*Ex : son désir,* ***que la fête soit belle****, s'est réalisé.*

II/ Les propositions : Juxtaposition et coordination

A. La juxtaposition

Deux propositions indépendantes sont juxtaposées lorsqu'elles sont reliées par une virgule ou un point virgule.

Ex : Les feuilles commencent à tomber ; l'automne est là

B. La coordination

Deux propositions sont coordonnées lorsqu'elles sont reliées par une **conjonction de coordination** : ***mais, ou, et, donc, or, ni, car.***

Ex : J'ai mis la clé sous la porte ***et*** *je suis parti.*

Certains adverbes : ***Cependant, ensuite, par conséquent, en effet*** ... jouent également un rôle de coordination.

Ex : Je trouve cette statue belle par conséquent je vais l'acheter.

✎ EXERCICES

2ème SÉRIE

2ème leçon

Exercice 1

Remplacez les adjectifs qualificatifs épithètes par des compléments du nom de même sens.

1. Le voyage présidentiel a été annulé.

2. Le personnel hospitalier est compétent.

3. La session parlementaire va commencer.

4. Ce voyage maritime lui a fait du bien.

5. La panthère africaine est un félin.

Exercice 2

Dans les phrases suivantes, remplacez les virgules par des conjonctions de coordination ou des adverbes.

1. Il était facile de passer par-dessus la grille, Eric hésita un instant, regarda à droite et à gauche, enjamba l'obstacle.

2. Cela paraît aujourd'hui un acte insensé, à l'époque les gens trouvaient cela tout naturel.

3. François habite un appartement, il préfèrerait vivre dans une maison avec un jardin, il adore la nature.

4. Le gardien ouvrit le portail, la voiture remonta l'allée, la maison apparut.

COURS | **2ème SÉRIE** | ***3ème leçon***

DICTEE D' ENTRAINEMENT

Rêve

La lune était levée. La fusée se tenait, grande et argentée, au milieu du chantier. Elle reflétait la blancheur de la lune et le bleu des étoiles. Bodoni la contemplait et l'aimait. Il avait envie de la caresser, se coucher contre elle, presser sa joue contre son flanc, lui murmurer tous les désirs secrets de son cœur.
La fusée sentait le temps et la distance. C'était comme s'il était entré dans un mécanisme d'horlogerie. [...] Il s'assit dans le siège du pilote. Il toucha un levier. Il se mit à produire une sorte de ronflement, la bouche fermée, les yeux clos [...]
"Départ !" cria-t-il. Une déflagration le secoua, un tonnerre : "La lune ! cria-t-il, tendu à se rompre. Les météores !". L'élan silencieux dans l'éclat d'une éruption [...]
Il se jeta sur son siège, épuisé, haletant. Ses mains tremblantes lâchèrent les manettes [...] Très lentement il ouvrit les yeux. Le chantier de démolition était toujours là.

Ray Bradbury

QUESTIONS

Compréhension et vocabulaire

1. Donnez le sens des termes suivants :
   Déflagration - météores - éruption

2. Formation des mots : séparer les termes suivants en préfixe - radical - suffixe
   Démolition - blancheur - ronflement - manette

Grammaire

1. Dans le premier paragraphe, relevez quatre compléments du nom. Dites quel nom ils complètent. (1er paragraphe ...cœur")

2. Transformez "de la lune" et "des étoiles" en adjectifs. Quelle est la fonction de ces derniers ?

3. Nature et fonction des termes suivants :
   "grande", "argentée", "d'horlogerie", "clos", "silencieux", d'une éruption", "démolition".

Conjugaison

1. "Il se jeta sur son siège" (l.13). Conjuguez ce verbe au présent, à l'imparfait et au futur de l'indicatif.

2. "Elle **reflétait** la blancheur...". Conjuguez ce verbe au présent de l'indicatif.

📖 COURS | 2ème SÉRIE | 4ème leçon

ORTHOGRAPHE

I/ Orthographe d'usage

1. Les mots commençant par BAC, BAIL, BAN prennent deux C, L, N

*Ex : **bacca**lauréat, **baill**ement, **bann**ière*

2. Les mots commençant par BAF, BAL ne prennent qu'un seul F ou L

*Ex : **baf**ouer, **bal**ance*

Exceptions : ballade, ballant, ballast, ballet, ballerine, balle et ses dérivés.

II/Orthographe grammaticale

Les homophones grammaticaux

1. EST ≠ AI ≠ ET

Est : du verbe être, peut être remplacé par était *(ex : la mer **est** (était) agitée.)*
Ai : auxiliaire avoir, 1ère personne du singulier *(ex : J'**ai** deux amours, mon pays et Paris.)*
Et : conjonction de coordination *(ex : Connais-tu Catherine **et** Isabelle ?)*

2. SI ≠ S'Y

Si : conjonction de subordination ou adverbe exclamatif *(ex : **Si** tu veux, nous irons à la mer).*
S'y : forme pronominale se + pronom adverbial. Toujours devant le verbe. *(ex : Pour **s'y** rendre, il faut prendre le train).*

3. NI ≠ N'Y

Ni : conjonction de coordination *(ex : Je n'aime **ni** la mer **ni** la montagne)*
N'y : négation ne + pronom adverbial. Toujours avec un verbe. *(ex : A la mer, je n'**y** vais pas).*

VOCABULAIRE

Synonymes et antonymes

1. Les synonymes

A. Définition : Les synonymes sont des mots de même sens.

Ex : calme et tranquille ; neuf et nouveau.

Il est très rare de trouver de véritables synonymes. Le plus souvent les mots ont un sens proche. On parle de synonymie partielle :

Ex : fier et orgueilleux.

B. L'intérêt des synonymes

- Ils évitent les répétitions
- Ils évitent les mots vides comme faire, être…
- Ils allègent un texte, peuvent remplacer une périphrase :

Ex : le journal de chaque jour, le quotidien.

C. Niveaux de langue

La plupart des synonymes existent dans les trois niveaux de langue (à utiliser selon le contexte) :

Ex : Langage soutenu : replet
Langage courant : gras
Langage familier : boulot

2. Les antonymes

A. Définition : *Les antonymes sont des mots de sens contraire.* ***Ex : beau ≠ laid, utile ≠ inutile.***

B. Intérêt : Ils permettent d'éviter l'emploi de la négation. ***Ex : Il n'est pas beau = il est laid.***

Exercice 1

Remplacez les points de suspension par : ou, où, est, ai, et, ni, n'y, si, s'y

1. Tout ce qui brille n'……. pas de l'or.
2. "La bourse ….. la vie" dit Robin des Bois
3. J'irai ….. tu voudras, quand tu voudras.
4. J'…… marché pendant de longues heures.
5. Cet endroit est ….. désagréable qu'on ….. resterait pas une heure.
6. Rester …… partir, nous ne savions quel parti prendre.

8. Il ….. cinq heures, l'heure de se lever …… d'aller travailler.

9.

Exercice 2

Dans les phrases suivantes, remplacez le mot en gras par un synonyme approprié.

J'aimerais avoir une **conversation** avec vous. J'ai été **ravi** de vous rencontrer. Bernard a des idées **voisines** des miennes. Etienne s'est mis en colère sans **motif**. Cet arrosoir à long bec est très **commode** pour le jardinage. J'ai trouvé ce film très **amusant**. Dans cette affaire il a fait preuve d'une **lucidité** surprenante.

SOMMAIRE

3ème SÉRIE

Première leçon : **Grammaire**

L'adjectif qualificatif : accord et degrés de signification

Conjugaison

Les verbes du 2ème groupe

Deuxième leçon : **Grammaire**

L'adjectif qualificatif : ses fonctions
Les propositions : principale et subordonnée
Les différentes subordonnées

Troisième leçon: **Dictée d'entraînement**

La petite bohémienne d'Erckmann-Chatrian. »

Quatrième leçon: **Orthographe**

Mots commençant par : BON ou BOUF,
BAT, BER ou BOUL
CE et SE
C'EST et S'EST
LEURS ET LEUR

Homonymes et paronymes

📖 COURS

3ème SÉRIE

1ère leçon

GRAMMAIRE

L'adjectif qualificatif

1. Définition

Les adjectifs sont des mots d'espèce variable.
Ils servent à caractériser une personne ou une chose sous le rapport de la qualité.

A réviser : Les règles relatives au genre et au nombre des adjectifs qualificatifs et les exceptions (programme de 6ème).

2. Accord des adjectifs qualificatifs

a) Avec un nom : en genre et en nombre avec le nom auquel il se rapporte.
*Ex : les meilleures **amies.***

b) Avec plusieurs noms : l'adjectif prend la marque du pluriel. S'ils sont de genre différent, le masculin l'emporte. *Ex : une femme et un homme **heureux**.*

3. L'adjectif qualificatif : ses degrés de signification.

Certains mots (très, moins, plus, aussi, autant ...) donnent un degré d'intensité différent à l'adjectif.

a. Le comparatif.
Il établit une comparaison entre deux éléments, il est suivi d'un complément.
Il en existe trois types :
- le comparatif de supériorité : *Ex : **plus** jeune*
- le comparatif d'égalité : *Ex : **aussi** jeune*
- le comparatif d'infériorité : *Ex : **moins** jeune*

Le complément du comparatif est introduit par que, il exprime le deuxième élément de comparaison.
*Ex : François est **plus jeune** que Gilles.*

b. Le superlatif relatif
Il établit une comparaison à l'aide des expressions **le plus, le moins**, entre un élément et tous les autres de la même espèce. Il est suivi ou non d'un complément.

*Ex : Cet élève est **le plus grand** de toute la classe.*

c. Le superlatif absolu
Il permet à l'aide de l'adverbe **très** ou **complètement, tout à fait, trop**, d'augmenter la force du sens de l'adjectif. Il n'a pas de complément.

*Ex : Nous avons vu une émission **très intéressante**.*

CONJUGAISON

Les verbes du deuxième groupe

Leur terminaison est en –IR.
Leur participe présent en -ISSANT.

✎ EXERCICES

3ème SÉRIE

1ère leçon

Exercice 1

Complétez le texte suivant en accordant les adjectifs :

Toute cette contrée paraissait si (tempéré), si (vert), si (fleuri) qu'on l'aurait prise pour un jardin (artificiel). [...] Cependant les cédrats (vert) que je cueillis étaient non seulement fort (agréable) à manger mais très (sain) ; et dans la suite, j'en mêlai le jus avec de l'eau, ce qui la rendit (salubre), très (froid) et très (rafraîchissant).

Daniel Defoe, Robinson Crusöe

Exercice 2

Dans les phrases suivantes, dites si les adjectifs sont au comparatif, au superlatif relatif ou au superlatif absolu. (Précisez le type de comparatif)

1. Il me paraît aussi vantard que toi.
2. Elle paraît complètement guérie.
3. Achetez ici, tout est meilleur marché qu'à côté.
4. Trop grand, trop gros, trop bruyant, voilà comment je le trouve.
5. Les points les moins importants doivent pourtant faire l'objet d'une étude.

Exercice 3

Donnez la troisième personne du singulier de tous les temps simples du verbe guérir (mode indicatif)

Donnez la première personne du singulier et du pluriel de tous les temps simples du verbe bondir. (mode indicatif)

📖 COURS

3ème SÉRIE

2ème leçon

GRAMMAIRE

I/ L'adjectif qualificatif : fonctions

3 fonctions :

- **épithète** : *il souffre d'une maladie incurable*
- **attribut** : *le ciel est noir et sinistre*
- **apposé ou épithète détachée** : *Voici tout à coup, silencieuse et verte, une vallée humide et de lilas couverte.*

II/ Les propositions

1. La proposition principale et la proposition subordonnée.

LA PRINCIPALE ne dépend d'aucune proposition et tient sous sa dépendance une autre subordonnée.

Ex : Vous prendrez rendez-vous / lorsque vous aurez le résultat des analyses.
Principale / subordonnée

La **subordination** est un système qui comprend une proposition principale et une proposition subordonnée.

2. Les catégories de subordonnées

- **les relatives** (étudiées ultérieurement) :

Elles sont introduites par un **pronom relatif.**

Ex : C'est un fruit qui n'a pas de goût.

- les conjonctives

Elles sont introduites par des conjonctions de subordination : si, que, quand, lorsque, puisque, comme, quoique et des locutions conjonctives : afin que, alors que, après que, avant que, bien que, depuis que, de sorte que , dès que, jusqu'à ce que, parce que, plutôt que, pour que, pourvu que, sans que, tandis que, tant que …

*Ex : **Puisque tu es malade**, reste à la maison.*

- les subordonnées interrogatives indirectes :

Elles sont introduites par des pronoms interrogatifs, des adverbes et des conjonctions : ***quand, qui, quoi, ce qui, ce que ou si.***

*Ex : Je me demande **si tu viendras demain.***

✎ **EXERCICES** | **3ème SÉRIE** | ***2ème leçon***

Exercice 1

Donnez la fonction des mots en gras.

La femme le suivait, **petite** et **maigre**, portant à deux mains un parapluie **immense** et **vert**.

Francesco porte un pantalon de toile **bleue**, **étroit** du bas, avec de **grosses** coutures **apparentes**, au fil **blanc**.

Mon grand-père était **petit**... Il portait de **longues** boucles **blanches** qui descendaient jusqu'à son col.

Exercice 2

Délimitez la proposition subordonnée et dites à quelle catégorie elle appartient. Entourez les termes introducteurs.

"Souvent, pour s'amuser les hommes d'équipage
Prennent des albatros, vastes oiseaux de mers,
Qui suivent, indolents compagnons de voyage,
Le navire glissant sur les gouffres amers"...

Charles Baudelaire

"La cigale ayant chanté
Tout l'été
Se trouva fort dépourvue
Quand la bise fut venue"

Jean de la Fontaine

Le président du tribunal déclare que la séance est ouverte.
Elise et Jacqueline demandèrent ce que nous allions voir.
Il se comporte comme s'il n'y avait que lui sur terre.

📖 COURS

3ème SÉRIE

3ème leçon

DICTEE D' ENTRAINEMENT

La petite bohémienne

Christian Brêmer avait servi dans les chasseurs de la garde impériale. Après 1815, il avait épousé Catherine, son ancienne amoureuse, un peu vieille, mais toujours fraîche et pleine de grâce. Avec son propre bien, sa maison, ses quatre ou cinq arpents de vigne, et les terres qu'il tenait de Catherine, Brêmer se trouvait être des meilleurs bourgeois de Dosenheim. [...] Son unique plaisir, une fois le travail des champs terminé, était de décrocher son fusil, de siffler son chien Friedland, et de faire un tour au bois.

Or il advint que le brave homme rentrant un jour de la chasse, rapporta dans sa grande gibecière une petite bohémienne de deux à trois ans, vive comme un écureuil et brune comme une groseille noire.

Erckmann-Chatrian, Myrtille, dans Contes et Romans

QUESTIONS

Compréhension

1. Dans le texte relevez une comparaison et expliquez pourquoi l'auteur a fait un tel rapprochement.
2. Donnez le sens des mots suivants dans le texte : "grâce", "bien", "gibecière".

Grammaire

1. Trouvez dans le texte trois adjectifs qui se rapportent au même nom. Expliquez leur accord.

2. Relevez un adjectif qui a la même forme au masculin et au féminin.

3. Justifiez l'accord de l'adjectif "terminé".

4. Relevez deux adjectifs apposés et deux adjectifs épithètes.

5. Remplacez la construction adjectif + complément de l'adjectif par un adjectif qualificatif précédé de la marque du superlatif dans l'expression "pleine de grâce".

6. Relevez dans le texte deux subordonnées de catégorie différente. Précisez cette catégorie.

7. Remplacez l'expression du texte "une fois le travail des champs terminé" par une subordonnée conjonctive.

📖 COURS

3ème SÉRIE

4ème leçon

ORTHOGRAPHE

I/ Orthographe d'usage

1. Les mots commençant par BON ou BOUF prennent deux N ou deux F.

   Exceptions : les dérivés de BON - BONaparte - BONiface - BONiment

2. Les mots commençant par BAT, BER ou BOUL ne prennent qu'un seul t, r ou l.

   Exceptions : battre, batterie, berrichon

II/ Orthographe grammaticale

Ne pas confondre **CE** et **SE** :

➜ **CE** : adjectif démonstratif, accompagne un nom, son pluriel est CES.
Ex : CE bruit me dérange - CES bruits…

➜ **CE** : pronom démonstratif, peut être remplacé par CELA ou ça (niveau de langue familier).
Ex : CE (cela) n'est pas vrai.

➜ **SE** : pronom réfléchi, est toujours placé après un sujet et avant un verbe.
Ex : un agneau SE désaltérait …

Ne pas confondre **C'EST** ou **S'EST** :

➜ **C'EST** peut être remplacé par cela est.
Ex : C'est (cela est) une nouvelle terrible.

➜ **S'EST** suit toujours un sujet de troisième personne du singulier et est suivi d'un participe passé *Ex : L'acteur s'est fait applaudir.*

VOCABULAIRE

I/ Homonymes et paronymes

Les **paronymes** sont deux mots dont la prononciation est proche sans être identique mais dont l'orthographe et le sens sont distincts. Ainsi "illusion" et "allusion" sont deux paronymes. Attention, ils sont souvent source de confusion.

Les **homonymes** sont des mots qui ont la même prononciation mais un sens différent et une orthographe différente. Lorsque leur orthographe est identique on parle d'**homographe**. Dans le dictionnaire ils sont notés : HOM.

Ex : page (d'un cahier) et page (serviteur du roi).

On distingue : - les homonymes grammaticaux *Ex : et ≠ est - a ≠ à*
- les homonymes lexicaux *Ex : courre ≠ cour ≠ court ≠ cours*

✏ EXERCICES — **3ème SÉRIE** — *4ème leçon*

Exercice 1

En vous servant des racines grecques ci-dessous, expliquez les mots : synonymes - antonymes (déjà expliqué antérieurement) - paronymes - homonymes.

(onom) = nom ; anti = contre ; par(a) = à côté de ; syn = avec ; réunion, ensemble ;

homo = semblable

Exercice 2

Dans le texte qui suit, relevez des mots qui ont des homonymes et nommez-les.

"Cela me met vraiment mal à mon aise, l'idée que ce gaillard-là court le pays. [...] Ce ne sont pas là des tours de charlatan" H. G. Wells, l'homme invisible.

Exercice 3

Trouvez un paronyme pour chacun des mots suivants :

infecter
incident
proposition
infraction

SOMMAIRE

4ème SÉRIE

COURS

4ème SÉRIE

1ère leçon

GRAMMAIRE

Les déterminants du nom

Rappel : *Les déterminants sont des mots généralement courts qui accompagnent le nom et se placent toujours **avant** lui. Nous avons vu dans la première série **les articles**. Nous étudions maintenant les **autres déterminants**.*

Rôle : ils ajoutent au nom une nuance particulière

Les différents types de déterminants :

1. **Adjectif démonstratif**

Rôle : il accompagne un nom que l'on désigne ou dont on a déjà parlé.

*Ex : Donnez-moi **ce** gâteau (celui que je montre).*

*Je reviens de Rome. **Cette** ville est superbe.*

Formes : ce, cet, cette, ces

2. **Adjectif possessif**

Rôle : Il accompagne un nom en le mettant en relation avec un pronom personnel ou un autre nom.

*Ex : **votre** maison : la maison (de vous)*

***son** chien : le chien (du voisin)*

La relation la plus courante est la possession mais on peut en rencontrer bien d'autres.

*Ex : **mon** village (le village où j'habite).*

Formes :

Possesseur / Objet possédé	Je	Tu	Il, elle Nom sing.	Nous	Vous	Ils, elles Nom pluriel
Masculin singulier	mon	ton	son	notre	votre	leur
Féminin singulier	ma	ta	sa	notre	votre	leur
Masc. fém. pluriel	mes	tes	ses	nos	vos	leurs

3. **Les adjectifs indéfinis**

Rôle : En général, ils introduisent des noms en indiquant leur quantité, leur répartition, leur ressemblance …

Ils peuvent s'employer à côté d'autres déterminants ou avec d'autres indéfinis.

*Ex : Les jeux olympiques se déroulent **tous les quatre** ans.*

Formes : Voici les principaux. Les autres seront étudiés dans les classes suivantes.

Quelque, certain, maint, plusieurs, aucun, nul, tout, chaque, même, autre ...

📖 **COURS** | **4ème SÉRIE** | *1ère leçon*

4. Les adjectifs numéraux cardinaux

Rôle :Ils servent à dénombrer les êtres ou les choses désignés par les noms qu'ils déterminent.

*Ex : Cet enfant a **trois ans**.*

Orthographe : Ils sont généralement invariables. Ex : deux, douze, mille ...

5. Les adjectifs interrogatifs et exclamatifs

Rôle : Ils accompagnent un nom sur lequel ils font porter l'interrogation ou l'exclamation.

*Ex : **Quelle** voiture as-tu ?*

***Quelle** joie de te revoir !*

Formes : Elles sont identiques : quel, quelle, quels, quelles

CONJUGAISON

Les verbes du troisième groupe en ir

Rappel : infinitif en -IR

participe présent en -ant

Revoir la conjugaison de ces verbes : type partir.

Attention : il existe de nombreux verbes irréguliers

*Courir : je cour**rai***

Mentir : je mens, etc.

Remarque : alors qu'on est parfois appelé à former des verbes nouveaux sur le type aimer ou finir *(ex : pasteuriser, amerrir)* on ne forme plus de verbes du troisième groupe : ce groupe constitue la **conjugaison morte**.

EXERCICES — **4ème SÉRIE** — ***1ère leçon***

Exercice 1

Donnez la nature des déterminants dans les phrases suivantes. (Certains sont des articles).

1. La mère de mon amie a fait plusieurs gâteaux pour son anniversaire.
2. Je dois acheter du pain mais je n'ai que un euro dans mon porte-monnaie.
3. Nos parents iront passer quelques jours au Portugal.
4. Quel livre as-tu lu dernièrement ?
5. Cet après-midi nous allons au cinéma avec nos cousins.

Exercice 2

Conjuguez les verbes ci-dessous au présent de l'indicatif et au présent du subjonctif aux trois premières personnes du singulier.

Revenir

sentir

sortir

Exercice 3

Trouvez un verbe dont les trois premières personnes du singulier se conjuguent de la même manière au présent et au passé simple (parmi les verbes du troisième groupe en –IR)

📖 COURS

4ème SÉRIE

2ème leçon

GRAMMAIRE

L'expansion du nom

La proposition relative

Rappel : Nous avons vu dans la deuxième série qu'un nom pouvait être enrichi par :

- un épithète
- une apposition
- un complément du nom

1. Rôle

La proposition subordonnée relative complète un nom dont elle est une expansion. Elle l'enrichit.

Ex : J'ai acheté un disque ***qui te plaira.***

2. Fonction

Le nom ou le pronom complétés sont appelés antécédent. L'antécédent **précède** toujours la subordonnée relative.

Ex : Il a rêvé d'une fée ***qui le comblait de cadeaux.***

↓ antécédent ↓ subordonnée relative

Au même titre que l'épithète, l'apposition ou le complément du nom, la subordonnée relative complète le nom.

Sa fonction est toujours : complément de l'antécédent

Ex : C'est un film ***qui te plaira.***

↓ complément de l'antécédent film

3. Construction

La subordonnée relative est introduite par un pronom relatif et elle contient toujours un verbe conjugué. Elle peut couper la principale.

Ex : Mon chat, ***qui est un grand chasseur de nuit****, dort le jour.*

↓ Subordonnée relative

4. Le pronom relatif

Il sert de lien entre l'antécédent et la relative. Il remplace un nom ou un pronom. Il a une **fonction propre** à l'intérieur de la relative.

Ses formes : qui, que, quoi, dont, où, lequel et ses composés.

Elles varient selon la fonction dans la subordonnée.

Les principales formes employées sans préposition

- **Qui** employé sans préposition est toujours **sujet.** *Ex : Le temps **qui** passe ne se rattrape pas.*
↓
sujet de passe

- **Que** est le plus souvent **C.O.D**. *Ex : Les efforts **que** je fais porteront leurs fruits.*
↓
C.O.D. de faire

- **Dont** est : tantôt **C.O.I.** *Ex : La maison **dont** je t'ai parlé est à vendre.*
↓
C.O.I. de parler

tantôt **C. du nom.** Ex : *La maison **dont** le toit penche est à vendre.*
↓
C. du nom toit

- **Où** est : tantôt **C.C. de lieu** . Ex : *La maison, **où** je passe mes vacances, est ancienne.*
↓
C.C. lieu de passer

tantôt **C.C. de temps.** Ex : Le jour **où** tu viendras, nous irons à la mer.
↓
C.C.T de venir

GRAMMAIRE

I/ La voix active

Elle est constituée :

➔ d'un verbe transitif direct (qui **peut** avoir un C.O.D) et d'un sujet, auteur de l'action exprimée par le verbe.

Ex : Je mange.

Ou ➔ d'un verbe transitif direct, d'un *sujet et d'un complément d'objet de l'action.*

Ex : Je mange une pomme.

II/ La voix passive

Elle est constituée :

➔ d'un verbe transitif et de son sujet qui subit l'action

Ou ➔ d'un verbe transitif, son sujet qui subit l'action et un **complément d'agent** (c'est-à-dire l'auteur de l'action)

Ce complément est introduit par les prépositions **par** et **de**.

*Ex : Les jeux olympiques d'hiver 1992 sont organisés **par la France**.*

📖 COURS

4ème SÉRIE

2ème leçon

III/ Passage d'une voix à l'autre

1. Le sujet actif peut devenir le complément d'agent. Dans ce cas le COD devient le sujet passif.

   Ex : La pluie inonde les rues de Paris.

   Les rues de Paris sont inondées par la pluie

2. Inversement le complément d'agent peut devenir sujet actif.

   Ex : Je fus indigné par ce propos malhonnête.

   Ce propos malhonnête m'indigna.

Exercice 1

Remplacez la subordonnée relative par un adjectif qualificatif épithète.

Ex : Un endroit qui n'est pas sain : un endroit insalubre.

1. Un animal qui vit dans l'eau.
2. Une visite qui a lieu chaque semaine.
3. Une revue qui paraît chaque mois.
4. Un enfant qui ne fait pas attention.
5. Un problème que l'on ne peut comprendre.

Attention : Pour cet exercice, la connaissance de la formation des mots est indispensable. (Série 1)

Exercice 2

Dans chacune des phrases suivantes, remplacez les points de suspension par le pronom relatif qui convient.

1. Vautrin, l'homme de quarante ans, était un de ces gens … le peuple dit : "Voilà un fameux gaillard". (Balzac)
2. Pour ressembler à ces séducteurs … plaisent aux jeunes filles, Olivier s'était offert une indéfrisable … le coiffeur pour dames de la rue Chaudron proposait au rabais (R. Sabatier).
3. La première fenêtre donnait sur un jardinet plein de parasols … de jeunes couples jouaient bruyamment avec des bébés. (J. Lahongu)

Exercice 3

Analysez les formes verbales suivantes en fournissant les renseignements dans cet ordre : l'infinitif, le groupe, la voix, le mode, le temps, la personne.

1. Je suis sortie.
2. J'ai été photographiée par un inconnu.
3. J'ai poursuivi mon chemin.
4. Je suis allée au marché.
5. Les marchandises n'étaient pas encore déballées.

COURS | 4ème SÉRIE | 3ème leçon

DICTEE D'ENTRAINEMENT

A la belle étoile

Enfin, vers minuit, le brouillard se dissipa, et Germain put voir **les** étoiles briller à travers les arbres. La lune se dégagea aussi des vapeurs qui la couvraient et commença à semer **des** diamants sur la mousse humide. Le tronc des chênes restait dans **une** majestueuse obscurité ; mais, un peu plus loin, les tiges blanches **des** bouleaux semblaient une rangée de fantômes dans **leurs** suaires. Le feu se reflétait dans la mare ; et les grenouilles, commençant à s'y habituer, hasardaient **quelques** notes grêles et timides ; les branches anguleuses des vieux arbres, hérissées de pâles lichens, s'étendaient et s'entrecroisaient comme **de** grands bras décharnés sur la tête de **nos** voyageurs."

George Sand, *La mare au Diable*

QUESTIONS

1. Ce texte évoque la nature d'une façon poétique. Relevez deux comparaisons et expliquez-les. Qu'ont-elles en commun ?
2. Donnez un synonyme des termes suivants : "hasardaient" - "suaire" - "se dissipa" -
3. Donnez la nature des déterminants en gras et soulignés (8).
4. Cherchez dans le texte de la dictée un verbe du troisième groupe et conjuguez-le au présent et au futur.
5. Relevez une proposition relative et donnez sa fonction.

PREPARATION DE LA DICTEE

1. Les noms terminés par [oer] s'écrivent –eur (la peur, le bonheur), sauf l'heure, la demeure, le beurre, le leurre, un heurt. (*deux exemples dans la dictée*).

2. Les noms terminés par [amà] s'écrivent –ament (un médicament) sauf aimant, un amant, un Flamand. ***(un exemple dans la dictée)***

3. Méfions-nous des pronoms la/le/les/l' compléments d'objet direct intercalés entre le sujet et le verbe : l'accord du verbe doit se faire avec le sujet.

   Ex : Il les voit. (un exemple dans la dictée)

📖 COURS — **4ème SÉRIE** — *4ème leçon*

ORTHOGRAPHE

I/ Orthographe d'usage

Les mots commençant par CAF, CAL, CAR ou CAT ne prennent qu'**un seul** F, L, R ou T. **sauf** :

- *callosité, calligraphie et leurs dérivés.*
- *carré et ses dérivés, carrelet, carriole et ses dérivés, carrousel, carrière, carrure.*

II/ Orthographe grammaticale

Homonymes grammaticaux

- **On n' ≠ on** : **On** est toujours suivi de « **ne** » ou « **n'** »en phrase négative.
- **Ont ≠ on** : **Ont** du verbe avoir peut être remplacé par avaient.

  *Ex : Ces hommes **ont** (avaient) une grande autorité.*

- **Quand ≠ quant**

  ➜ **Quand** est une conjonction de subordination, exprime le temps, peut être remplacé par lorsque.

  *Ex : **Quand** le chat est parti, les souris dansent.*

  ➜ **Quant** est toujours suivie de à.

  *Ex : **Quant** à toi, tu es trop jeune.*

- **Son ≠ sont**

  ➜ **Son** est un adjectif possessif dont le féminin est sa.

  *Ex : **Son** fils s'appelle Henri, sa fille Jeanne.*

  ➜ **Sont,** du verbe être, peut être remplacé par étaient.

  *Ex : Ils **sont** (étaient) tous présents.*

📖 COURS

4ème SÉRIE

4ème leçon

VOCABULAIRE

Les registres de langue

On les appelle aussi ***niveaux de langue.***

Les mots sont classés selon un contexte social : ils renvoient à un milieu ou à une époque.

On distingue **trois registres de langue.**

➔ Le langage soutenu : vocabulaire rare, recherché. Dans le dictionnaire, il est marqué par différentes abréviations comme VX (mot vieilli) ou Litter. (mot littéraire).

➔ Le langage courant : le vocabulaire est celui employé habituellement à l'oral et à l'écrit et facilement compris de tous.

➔ Le langage familier : le vocabulaire est plus relâché, il est proche de la conversation. Dans le dictionnaire on peut trouver pop. (populaire), fam. (familier), vulg. (vulgaire), arg. (argotique).

Ainsi ces trois synonymes appartiennent à trois niveaux de langue différents :

replet : langage soutenu

gras : langage courant

rondouillard : langage familier

Exercice 1

Classez les termes suivants en trois ensembles d'après les registres de langue.

Marmot - gosse - gamin - mouflet - môme - garçonnet - petiot - moutard - bambin - poussin - lardon - garçon - mioche.

(Pour cet exercice, l'usage du dictionnaire est recommandé).

SOMMAIRE

5ème SÉRIE

Première leçon : **Grammaire**

Les pronoms

Conjugaison
verbes du 3ème groupe en -OIR et -RE

Deuxième leçon : **Grammaire**

Les propositions subordonnées complétives.
L'accord du participe passé.

Troisième leçon : **Dictée d'entraînement**

« Récitation » de Jacques de Lacretelle

Quatrième leçon :**Orthographe**

Mots commençant par :
-échauf, échap, échop, es,
échaf, el, ep
-hon, rap,
er, gar, hor, red
LEURS et LEUR,
PEU et PEUT

Vocabulaire
Champ lexical et champ sémantique

COURS — 5ème SÉRIE — 1ère leçon

GRAMMAIRE

I/ Les différents types de pronoms

Rappel : Les pronoms remplacent surtout des noms

Rôle : Ils permettent d'éviter les répétitions :

ex : J'ai une robe bleue. La ***tienne*** *est noire.*

Ils se divisent en huit catégories.

1. Les pronoms personnels

"personnel" vient du nom "personne" employé en conjugaison.

Formes :

	Singulier		Pluriel	
	sujet	**complément**	**sujet**	**complément**
1ère personne	je	me, moi	nous	nous
2ème personne	tu	te, toi	vous	vous
3ème personne	il, elle, lui	le, lui, la lui, elle, se	ils, elles, eux eux	en, y, eux le, leurs, elles se, soi

Les pronoms personnels varient :

- selon la personne : je / tu / il ;
- selon le nombre : je / nous, tu / vous ;
- selon le genre, à la 3ème personne : il / elle ; le / la
- selon la fonction : il / le / lui

Ex : ***Je*** *ris,* ***tu*** *pleures*

2. Les pronoms démonstratifs

Ils sont l'équivalent d'un adjectif démonstratif et d'un nom.

Ex : Je veux ce gâteau. Je veux ***celui-ci****.*

Formes :

	Singulier		Neutre	Pluriel	
	Masculin	**Féminin**		**Masculin**	**Féminin**
Formes simples	celui	celle	ce, c'	ceux	celles
Formes composées	celui-ci celui-là	celle-ci celle-là	ceci cela, ça	ceux-ci ceux-là	celles-ci celles-là

3. Les pronoms possessifs

Ils sont l'équivalent d'un adjectif possessif et d'un nom.

*Ex : Vos yeux sont marron, **les miens** sont bleus.*
Mes yeux

Ils varient en fonction du possesseur et du genre et du nombre du possédé

*Ex : **les miens** – possesseur : je (1ère sing)*
possédé : cheveux (masc.plur.)

Formes :	Singulier (un seul objet possédé)		Pluriel (plusieurs objets possédés)	
	Masculin	Féminin	Masculin	Féminin
Singulier (un seul possesseur)				
1ère personne	le mien	la mienne	les miens	les miennes
2ème personne	le tien	la tienne	les tiens	les tiennes
3ème personne	le sien	la sienne	les siens	les siennes
Pluriel(plusieurs possesseurs)				
1ère personne	le nôtre	la nôtre	les nôtres	
2ème personne	le vôtre	la vôtre	les vôtres	
3ème personne	le leur	la leur	les leurs	

4. Les pronoms relatifs

Pour les formes simples (voir série 4, leçon 2)

Formes composées : lequel, lesquels, laquelle, lesquelles ; duquel, de laquelle, desquels, desquelles ; auquel, auxquels, à laquelle, auxquelles.

5. Les pronoms interrogatifs

Ils introduisent une subordonnée interrogative

a) directe : *ex : **Qui** vient dîner ce soir ?*

b) indirecte : *ex : Je demande **qui** vient dîner ce soir.*

Formes : Elles sont **identiques à celles des pronoms relatifs**, à l'exception de **dont** qui ne peut être interrogatif.

📖 COURS | 5ème **SÉRIE** | *1ère leçon*

6. Les pronoms indéfinis

Ils ne remplacent pas toujours un GN ou nom nommé auparavant.

Ex : On a trouvé un portefeuille dans la rue.

En voici un certain nombre :

Variables	**Invariable**
- un(e) autre	- personne
- quelqu'un(e)	- rien
- le (la) même	- tout
- les uns (unes)	- on
- l'autre (les autres)	- plusieurs
- chacun(e)	- autrui
- aucun(e)	- quelque chose
- tous (toutes)	- quiconque
etc…	etc…

7. Les pronoms numéraux cardinaux

Formes : un , deux, trois …

8. Les pronoms numéraux ordinaux

Formes : le premier, le deuxième, le troisième…

II / Comment analyser un pronom

En principe, il faut donner tous ces renseignements :

- nature du pronom (pronom personnel …)
- le nom qu'il remplace (s'il y a lieu)
- le genre et le nombre
- fonction

Ex : As-tu ce livre ? Moi, je l'ai lu.

l' : pronom personnel, remplace le nom livre, masculin, singulier, complément d'objet direct du verbe lire.

CONJUGAISON

Verbes du 3ème groupe en –OIR et en –RE

Revoir la conjugaison de ces verbes. Attention aux verbes irréguliers.

Remarques :

1. Les verbes en -AITRE ou –OITRE prennent un accent circonflexe sur le I lorsque celui-ci est suivi d'un T : *Ex : Il croît.*

2. Les verbes en –INDRE et –SOUDRE perdent leur D au présent de l'indicatif.

Ex : tu absous, tu peins.

✐EXERCICES — **5ème SÉRIE** — ***1ère leçon***

Exercice 1

Trouvez l'intrus dans les listes suivantes et donnez la catégorie grammaticale à laquelle appartiennent les pronoms de chaque série.

1. les miens – la sienne – cela – le nôtre – la leur
2. rien – tout – quelqu'un – ce – personne
3. qui – lequel – où – quoi – on
4. celui-ci – ceux-ci – celle-là – le leur – ceci

Exercice 2

Analysez les pronoms dans les phrases suivantes : (12)

1. Je ne sais pas qui viendra.
2. Le chat qui dort est celui du voisin.
3. Nous avons pris nos clés, n'oubliez pas les vôtres.
4. Prête-moi ta lampe, j'ai perdu la mienne. Celle-ci ne marche pas. Aucune ne marche. Les deux sont cassées.

Exercice 3

Donnez la 3ème personne du singulier et du pluriel au présent et à l'imparfait de l'indicatif.

joindre – traire – absoudre – craindre – plaindre – mettre – connaître – prendre – naître – rire – coudre -

📖 COURS

5ème SÉRIE

2ème leçon

GRAMMAIRE

Les subordonnées complétives

Les subordonnées complétives sont nécessaires à la compréhension de la phrase et complètent le verbe de la principale. On en distingue deux sortes :

I/ La subordonnée conjonctive introduite par que

1. Emplois et modes

Ces subordonnées sont **à l'indicatif** après des verbes de déclaration, de pensée, de perception (dire, affirmer, supposer, estimer, voir ...)

Ex : Je dis que le voyage sera long.

Les subordonnées sont **au subjonctif** après des verbes exprimant un désir, un sentiment (vouloir, souhaiter, craindre, redouter, aimer ...)

Ex : Je crains qu'il ne vienne trop tard.

ou des verbes comme : il faut, il est nécessaire, il est probable ...

2. Fonctions

Le plus souvent, elles sont C.O.D. du verbe principal.

Ex : Je vois que tout est en ordre : C.O.D. du verbe voir.

Elles peuvent aussi être :

- **Sujet** : *qu'il fasse beau demain serait étonnant.*
- **Attribut** : *la vérité est qu'il a échoué dans son entreprise.*
- **Apposition** : ***je ne demande qu'une chose : que vous soyez discret.***

II/ La subordonnée interrogative indirecte.

Elle exprime une question précédée d'un verbe de sens interrogatif. Ex : Je me demande ***où tu vas.***

Fonction : Elle est toujours C.O.D.

Les mots introducteurs :

La conjonction de subordination **si** introduit une **interrogation totale** (réponse oui ou non) :

Ex : As-tu une montre ? Je me demande ***si tu as une montre****.*

Les interrogations partielles sont introduites par : ce qui, ce que, quand, où, pourquoi, comment

Ex : Quand pars-tu ? Je me demande ***quand tu pars****.*

📖 COURS

5ème SÉRIE

2ème leçon

ORTHOGRAPHE GRAMMATICALE

L'accord du participe passé

1. **Le participe passé employé seul**, c'est-à-dire sans auxiliaire, s'accorde à la manière d'un adjectif qualificatif épithète :

   Ex : Antoine a des idées bien arrêtées.

2. **Le participe passé employé avec l'auxiliaire être** s'accorde en genre et en nombre avec le sujet à la manière d'un adjectif qualificatif attribut :

   Ex : Les hirondelles sont parties.

3. **Le participe passé employé avec l'auxiliaire avoir est invariable** :
   - s'il n'a pas de C.O.D. :

     Les oiseaux ont chanté

   - s'il est suivi d'un C.O.D. :

     Ils ont aimé la musique classique

4. **Le participe passé employé avec l'auxiliaire avoir s'accorde** :
   Avec le C.O.D. s'il en est **précédé** :

   La chanson que j'ai écoutée m'a beaucoup plu.

📖 COURS

5ème SÉRIE

2ème leçon

Exercice 1

1. ***Transformez les groupes nominaux C.O.D. suivants en subordonnées complétives.***
2. ***Donnez le temps et le mode des verbes des subordonnées.***

1. Dieu refusait la construction de la tour de Babel.
2. Nous regrettons son départ.
3. L'huissier constate l'absence des locataires.
4. Attends la fin du film pour sortir.
5. Les navigateurs attendent la disparition du brouillard.
6. Les supporters espèrent la victoire de leur club.

Exercice 2

Dans les phrases suivantes, relevez les propositions subordonnées interrogatives indirectes, s'il y a lieu, et précisez s'il s'agit d'interrogations partielles ou totales.

1. Le Sphinx demande à Œdipe quel est l'animal qui marche à quatre pattes le matin, à deux pattes à midi et à trois pattes le soir.
2. Si Louis XVI n'avait été que serrurier, il aurait été heureux.
3. Les généraux romains consultaient les oracles pour savoir s'ils devaient engager la bataille.
4. Nous ignorons quand la fusée atteindra Vénus.
5. Le pilote demande à l'hôtesse si tous les passagers sont assis.

Exercice 3

Mettez les textes suivants au passé composé :

1. Deux oiseaux, le col droit et les ailes tendues, glissèrent brusquement sur nos têtes. Je tirai. Un d'eux tomba presque à mes pieds. (Guy de Maupassant)

2. Je descendis jusqu'à la barque et après une brève hésitation, je posai mon pied sur le bord ; il fléchit sous mon poids. Ce fléchissement me troubla beaucoup. Mais la barque reprit son équilibre. Je m'assis avec précaution, au milieu, sur le banc, et ne bougeai plus. (H.Bosco)

COURS | 5ème SÉRIE | 3ème leçon

DICTEE D'ENTRAINEMENT

Récitation

C'était en classe de français. La leçon apprise était la première scène d'Iphigénie. Silbermann, interrogé, se leva et commença de réciter.

"Oui, c'est Agamemnon, c'est ton roi qui t'éveille,
Viens, reconnais la voix qui frappe ton oreille."

[...] Sa diction restait naturelle. Mais elle était si assurée et on y distinguait des subtilités si peu scolaires qu'elle nous surprit tous. Quelques-uns sourirent. Moi, je l'écoutais fixement, frappé par une soudaine découverte. Ces mots assemblés, que je reconnaissais pour les avoir vus imprimés et les avoir mis bout à bout, mécaniquement, dans ma mémoire, ces mots formaient pour la première fois image en mon esprit. Je m'avisais qu'ils étaient l'expression de faits réels, qu'ils avaient un sens dans la vie courante. Et à mesure que Silbermann poursuivait et que j'entendais le son de sa voix, des idées et des idées germaient dans ma tête d'un terrain jusqu'alors aride.

Jacques de Lacretelle, *Silbermann*, Gallimard

QUESTIONS

1. Quelle découverte fait le narrateur ?
2. "des idées germaient dans ma tête d'un terrain jusqu'alors aride". L'auteur utilise une image. Laquelle ? Expliquez-la.
3. Donnez un synonyme et un antonyme "d'aride"
4. Relevez tous les pronoms du texte. Attention vous devez en trouver 26. Pensez à noter entre parenthèses le verbe qui les accompagne. Ex : C'(était). (Attention à la confusion avec les adjectifs.)
5. Analysez les pronoms suivants :

   qui (t'éveille)
   elle (était assurée)
   on (distinguait)
   nous (surprit)
   quelques-uns (sourirent)
   que (je reconnaissais)
   les (avoir vus)

6. Relevez une subordonnée complétive. Donnez sa fonction.
7. "*Silbermann souriait, il était heureux*". Transformez cette phrase en un système proposition principale + proposition relative.
8. "*Mais ce souffle, me demandais-je, n'est-ce pas plutôt l'âme d'un génie mystérieux qui habite en lui ?*" Transformez cette phrase en un système proposition principale + proposition interrogative.

📖 COURS

5ème SÉRIE

4ème leçon

ORTHOGRAPHE

I/ Orthographe d'usage

- **Les mots commençant par échap, échauf, echop, es** prennent deux p, f, s.

  Ex : échauffourée, échoppe, essorer.

- **Les mots commençant par echaf, el, ep** ne prennent qu'un seul f, l, p.

Exceptions : elle, ellébore, ellipse et ses dérivés.

- **Les mots commençant par hon, rap** prennent deux n ou p.

Exceptions : honorer et ses dérivés, rapace, rapatrier, râpe, rapetasser, rapetisser, rapiat, rapide, rapiécer, rapière, rapine.

- **Les mots commençant par er, gar, hor, red** ne prennent qu'un seul r ou d.

Exceptions : errer, erreur (et ses dérivés), garrot et garrotter, horreur et ses dérivés, reddition.

II/ Orthographe grammaticale

Homonymes grammaticaux

1. peut ≠ peu

- peut, du verbe pouvoir peut être remplacé par pouvait : Rien en peut (pouvait) me faire changer d'avis.

- Peu est un mot invariable : il m'importe peu que tu ne viennes pas.

2. leurs ≠ leur

- leurs est un adjectif possessif suivi d'un nom pluriel. Il est variable : Leurs enfants sont en vacances. Leur fils est à Rome.

- leur, pronom personnel, placé devant un verbe est invariable.

COURS | 5ème SÉRIE | *4ème leçon*

VOCABULAIRE

Champ lexical et champ sémantique

1. Champ sémantique

On appelle champ sémantique l'ensemble des sens d'un même mot. On parle aussi de polysémie (du grec poly : "plusieurs", et sémie : "le sens").

Ex : canard *:* ***- volatile palmipède***
- fausse nouvelle
- journal
- note fausse et criarde

Sens propre et sens figuré :

Le sens d'un même mot varie selon qu'il est :

- abstrait ou concret : voler un objet ≠ voler un instant
- animé ou non animé : un bélier (l'animal) ≠ un bélier (l'outil)

On parle de sens propre (tuer un lapin) ou de sens figuré (tuer le temps).

Le sens du mot varie souvent selon le niveau de langue utilisé.

Ex : ***taper sur un clou (courant)***
taper un copain (lui emprunter de l'argent)

2. Champ lexical

On appelle champ lexical l'ensemble des mots d'un texte se rapportant au même domaine.

Ex : champ lexical de la montagne :
forêt, pics, glaciers, enneigé, froid, blanc, avalanche, neiger, s'élever...

Emploi : Pour écrire une description dans un texte, il est utile de former un champ lexical. Cela permet d'enrichir le vocabulaire utilisé.

COURS

5ème SÉRIE

4ème leçon

Exercice 1

Faites-vous dicter les phrases suivantes :

Comme on connaît les saints on les honore.

Garantissez-moi de mes amis.

Un lapin de garenne folâtrait dans les prés.

Rougir de montrer de l'estime pour un honnête homme est la plus indigne des bassesses. (Pellico)

Rien n'est si important à l'homme que son état, rien ne lui est si redoutable que l'éternité. (Pascal)

Exercice 2

Remplacez les points de suspension par leur ou leurs, peut ou peu.

Il se ….. que je …..donne …… étrennes avant Noël.

Avant un grand match, il mange …..

…… mauvaises habitudes ….. joueront des tours.

Exercice 3

Repérez les différents sens du mot "lettre" dans les phrases suivantes :

1. Récite les lettres de l'alphabet.
2. Il a fait des études de lettres.
3. Je n'ai pas répondu à sa lettre.
4. Il suit le règlement à la lettre.
5. Colette est une femme de lettres

Exercice 4

Dites à quel domaine (champ lexical) appartiennent chacune des listes suivantes :

1. Ombres – Lune – Lampadaires – Veiller – Dormir – Rêver – Sombre - Silencieux
2. Frissonner – Fièvre – Médicament – Transpirer – Tousser – Pâle – Fatigué
3. Se presser – Vitesse – Rapide – Vite – Courir – Se dépêcher – Accélérer

EXERCICES RECAPITULATIFS

Exercice 1

Faire la dictée "Apprivoise-moi"

Exercice 2

Questions de compréhension sur la dictée.

1. Que signifie "apprivoiser" dans le texte ?
2. Expliquez l'expression suivante : "Le langage est source de malentendus"

Exercice 3

Questions de vocabulaire sur la dictée.

"Ami" : trouvez dans les différents registres de langue des synonymes du mot "ami" (au moins 4 termes)

"Les hommes n'ont plus le temps de rien connaître". Explorez le champ lexical du temps (qui passe) (au moins 10 termes)

Exercice 4

Questions de grammaire sur la dictée.

1. Je veux bien, répondit le petit Prince, mais je n'ai pas beaucoup de temps".
   Commencez la phrase par "Le petit Prince répondit que …"
   Quelles sont les transformations opérées ?
   Nature et fonction des propositions obtenues ?

2. "Que faut-il faire ? dit le petit Prince"
   Transformez cette interrogation directe en interrogation indirecte en modifiant le verbe introducteur et l'ordre des propositions.
   Quelle est la fonction de la proposition obtenue ?

3. Nature et fonction de la proposition "que l'on apprivoise"

4. "Je te regarderai du coin de l'œil et tu ne diras rien"
   Analyse des propositions.

CORRIGÉ DES EXERCICES

5ème
ORTHOGRAPHE
GRAMMAIRE

CORRIGE DES EXERCICES

1ère SÉRIE

1ère leçon

Exercice 1

Les Césars – Les coffres-forts – trois choux – de nombreux soupiraux

Exercice 2

un secrétaire zélé	un secrétaire bien rangé (meuble)
un avocat renommé	un avocat mûr (fruit)
une vedette de cinéma	une vedette très rapide (bateau)

Exercice 3

une mimique – une remarque – un album – une risée – une région – un mausolée -un alcool – une anse – un argent – un trophée.

Exercice 4

au (dessert) : article défini contracté masculin singulier
au (vin blanc) : article défini contracté masculin singulier
du (miel) : article partitif masculin singulier
au (petit déjeuner) : article défini contracté masculin singulier
la (mésange) : article défini féminin singulier
l' (alouette) : article défini élidé féminin singulier
des (oiseaux) : article indéfini masculin pluriel
les (moissonneurs) : article défini masculin pluriel
aux (champs) : article défini contracté masculin pluriel
du (matin) : article défini contracté masculin singulier
au (soir) : article défini contracté masculin singulier
l' (air) : article défini élidé masculin singulier
la (nuit) : article défini féminin singulier

Exercice 5

pleuve – gît – doives – feras – rejoignez

2ème leçon

Exercice 1

village : complément d'objet direct de ravager
argent : sujet de contribuer
bonheur : complément d'objet indirect de contribuer
garçon : attribut du sujet "tu"
chemin : complément d'objet direct d'indiquer
voyageur : complément d'objet second d'indiquer.
nuit : complément circonstanciel de lieu de sortir.
bruit : complément circonstanciel de manière de sortir
police : complément d'agent de recherche

CORRIGE DES EXERCICES

1ère SÉRIE

Exercice 2

Bien des années … aventure	: 1 proposition
A force de travail … atteindre	: 3 propositions
Mais … esprit	: 1 proposition
Parfois …. reporte	: 1 proposition
Alors … entières	: 2 propositions

Corrigé des questions de la dictée d'entraînement

3ème leçon

A. Egée, croyant son fils Thésée dévoré par un monstre se précipita dans la mer qui porte encore son nom.

B. **Inquiétude** : Le père de Thésée redoute un malheur. Il attend son fils avec anxiété, avec angoisse.

Domination : Thésée devint le maître des villes voisines. Il exerça son autorité, son pouvoir sur les hommes de ces cités.

Territoire : Un territoire est une étendue de la surface terrestre sur laquelle vit un groupe humain et plus spécialement une collectivité politique nationale. Thésée était un conquérant, il étendit son influence sur la ville d'Athènes.

2. in - quiet - ude (préfixe radical suffixe) ; domina - tion (radical suffixe) ; territ - oire (radical suffixe)

3. Bien – aimé, grand-père.

C. Ré-organiser

Im-poser

Ré-unit

A-grandit

D. **1**. du (navire) : article défini contracté

Le (pauvre roi) : article défini détermine un nom dont il a déjà été question auparavant dans le texte dans l'expression "son pauvre père".

2. retour : C.O.D. du verbe guetter

navire : complément de détermination complément du nom "retour"

mort : complément d'agent du verbe attrister

E. **où** : pronom relatif, indique le lieu, reprend "Athènes".

à : préposition (ne peut être remplacé par avait)

Exercice 1

4ème leçon

L'enfant **a** mal **à** la tête.

Voici la ville **où** je suis né.

Rester **ou** partir, nous ne savons quel parti prendre ?

Sherlock Holmes **a** résolu l'énigme.

Elle songe **à** ses amis.

CORRIGE DES EXERCICES

2ème SÉRIE

1ère leçon

Exercice 1

1. Les **obsèques** ont lieu à l'église Saint-Paul.
2. Les **environs** de cette ville sont très pittoresques.
3. Il n'arrive pas à distinguer le chemin dans les **ténèbres**.
4. Les **funérailles** de Monsieur Dupont eurent lieu dans l'intimité.
5. Les **fiançailles** seront en Décembre, le mariage en Juin.
6. Ce bracelet scintille de **pierreries**.

Exercice 2

tu appuies	tu appuyais
nous nageons	nous nagions
elles appellent	elles appelaient
ils renouvellent	ils renouvelaient
je sème	je semais
ils jettent	ils jetaient

2ème leçon

Exercice 1

1. du président
2. de l'hôpital
3. du parlement
4. en mer
5. d'Afrique

Exercice 2

Autres solutions possibles :

1. par conséquent – puis – et
2. mais
3. pourtant – car
4. ensuite – et

Corrigé des questions de la dictée d'entraînement

3ème leçon

Compréhension et vocabulaire

1. Une **déflagration** est une explosion.

Des **météores** sont des corps célestes qui traversent l'atmosphère terrestre visibles la nuit par une traînée lumineuse (une étoile filante est un météore).

Une **éruption** est une explosion, un jaillissement.

CORRIGE DES EXERCICES

2ème SÉRIE

3ème leçon

2. dé	moli	tion	blanch	eur	ronfle	ment	man	ette
↓	↓	↓	↓	↓	↓	↓	↓	↓
préfixe	radical	suffixe	radical	suffixe	radical	suffixe	radical	suffixe

Grammaire

1. - du chantier complète milieu
   - de la lune complète blancheur
   - des étoiles complète bleu
   - de son cœur complète désirs

2. - de la lune lunaire - des étoiles stellaire

   Ces adjectifs ont pour fonction : **épithètes** des noms lunes et étoiles.

3. grande : adjectif qualificatif, épithète détachée **ou** mis en apposition au nom fusée

   argentée : participe passé utilisé comme adjectif, épithète détachée **ou** mis en apposition au nom fusée

   d'horlogerie : nom commun, complément du nom mécanisme

   clos : adjectif qualificatif, épithète du nom yeux.

   silencieux : adjectif qualificatif, épithète du nom élan.

   éruption : nom commun, complément du nom éclat

   démolition : nom commun, complément du nom chantier

Conjugaison

1. Présent : il se **jette** sur son siège

   Imparfait : il se **jetait** sur son siège.

   Futur : il se **jettera** sur son siège

2. Elle **reflète** la blancheur.

4ème leçon

Exercice 1

1. est – 2. ou – 3. où – 4. ai – 5. si … n'y – 6. ou – 7. est – et

Exercice 2

Discussion – content – proches – raison – pratique- drôle – clairvoyance

(d'autres solutions sont possibles)

CORRIGE DES EXERCICES

3ème SÉRIE

1ère leçon

Exercice 1

Tempérée - verte - fleurie - artificiel - verts - agréables - sains - salubre - froide - rafraîchissante.

Exercice 2

1. Comparatif d'égalité
2. Superlatif absolu
3. Comparatif de supériorité
4. Superlatif absolu
5. Superlatif relatif

Exercice 3

Présent :	il guérit	Présent :	je bondis - nous bondissons
Futur :	il guérira	Futur :	je bondirai - nous bondirons
Imparfait :	il guérissait	Imparfait :	je bondissais - nous bondissions
Passé simple :	il guérit	Passé simple :	je bondis - nous bondîmes

2ème leçon

Exercice 1

Petite :	apposé au nom "femme"	Maigre :	apposé au nom "femme"
Immense :	épithète du nom "parapluie"	Vert :	épithète du nom "parapluie"
Bleue :	épithète du nom "toile"	Etroit :	apposé au nom "pantalon"
Grosses :	épithète du nom "coutures"	Apparentes :	épithète du nom "coutures"
Blanc :	épithète du nom "fil"	Petit :	attribut du nom "grand-père"
Longues :	épithète du nom "boucles"	Blanches :	épithète du nom "boucles"

Exercice 2

"Qui suivent, indolents … voyage, Le navire … amers" :	proposition subordonnée relative.
"Quand la bise fut venue" :	proposition subordonnée conjonctive.
Que la séance est ouverte :	proposition subordonnée conjonctive.
Ce que nous allions voir :	proposition subordonnée interrogative indirecte.
Comme s'il n'y avait que lui sur terre :	proposition subordonnée conjonctive.

CORRIGE DES EXERCICES

3ème SÉRIE

3ème leçon

Corrigé des questions de la dictée d'entraînement

Compréhension

1. "Vive comme un écureuil" : la petite bohémienne est comparée à l'écureuil, animal réputé pour son agilité, sa rapidité et sa vivacité. De plus elle est minuscule : c'est pourquoi l'auteur la compare à un petit animal.
2. Catherine, l'épouse de Christian Brêmer a beaucoup de charme. Elle est attirante. La grâce désigne à la fois l'attrait physique et l'élégance des mouvements.
   Le "bien" de Christian Brêmer est son patrimoine, c'est-à-dire ce qu'il possède, à la fois sa maison, ses terres, sa vigne mais aussi son argent.
   Une gibecière est un sac, en général de cuir, utilisé par les chasseurs et porté en bandoulière.

Grammaire

1. "Vieille", "fraîche" et "pleine" sont trois adjectifs qui qualifient Catherine. Ils sont apposés au nom "amoureuse" et s'accordent en genre et en nombre avec lui, c'est-à-dire au féminin singulier.
2. "Unique" est un adjectif dont la forme est identique au masculin et au féminin.
3. Le participe passé utilisé comme adjectif qualificatif "terminé" s'accorde en genre et en nombre avec "travail", masculin singulier, auquel il se rapporte.
4. "vive" est apposé à "bohémienne", "vieille" est apposé à "amoureuse", "brave" est épithète d' "homme", "petite" est épithète de "bohémienne"
5. "Pleine de grâce" peut être remplacé par très gracieuse (superlatif relatif)
6. "Qu'il tenait de Catherine" : proposition subordonnée relative
   "que le brave homme … rapporta … groseille noire." Proposition subordonnée conjonctive
7. **Lorsque** le travail des champs était terminé.

4ème leçon

Exercice 1

Pas de correction

Exercice 2

<u>met</u>	≠	mais	≠	maie		
<u>mal</u>	≠	mâle	≠	malle		
<u>court</u>	≠	courre	≠	cours	≠	cour

Exercice 3

Infecter	≠	affecter	Incident	≠	accident
Proposition	≠	préposition	Infraction	≠	effraction

CORRIGE DES EXERCICES

4ème SÉRIE

1ère leçon

Exercice 1

la (mère) : article défini
mon (amie) : adjectif possessif
plusieurs (gâteaux) : adjectif indéfini
son (anniversaire) : adjectif possessif
du (pain) : article partitif
un (euro) : adjectif numéral cardinal
mon (porte-monnaie) : adjectif possessif
nos (parents) : adjectif possessif
quelques (jours) : adjectif indéfini
au (Portugal) : article défini contracté
quel (livre) : adjectif interrogatif
cet (après-midi) : adjectif démonstratif
au (cinéma) : article défini contracté
nos (cousins) : adjectif possessif

Exercice 2

- Je reviens – tu reviens – il revient
- Je sens – tu sens – il sent
- Je sors – tu sors – il sort

Que je revienne – que tu reviennes – qu'il revienne
Que je sente – que tu sentes – qu'il sente.
Que je sorte – que tu sortes – qu'il sorte

Exercice 3

Ex : Finir

Présent : je finis – tu finis – il finit

Passé simple : je finis – tu finis – il finit

2ème leçon

Exercice 1

1 : un animal aquatique
2 : une visite hebdomadaire
3 : une revue mensuelle
4 : un enfant inattentif
5 : un problème incompréhensible

Exercice 2

1 : dont 2. Qui – que 3. Où

Exercice 3

1. Verbe sortir : 3ème groupe, voix active, mode indicatif, passé composé, 1ère personne du singulier.

2. Verbe photographier : 1er groupe, voix passive, mode indicatif, passé composé, 1ère personne du singulier.

3. Verbe poursuivre : 3ème groupe, voix active, mode indicatif, passé composé, 1ère personne du singulier.

4. Verbe aller : 3ème groupe, voix active, mode indicatif, passé composé, 1ère personne du singulier.

5. Verbe déballer : 1er groupe, voix passive, mode indicatif, imparfait, 3ème personne du pluriel.

CORRIGE DES EXERCICES

4ème SÉRIE

3ème leçon

Corrigé des questions de la dictée d'entraînement

1. Les tiges blanches des bouleaux **semblaient une rangée de fantômes dans leurs suaires**.
   George Sand compare les bouleaux avec un alignement de spectres dans leurs linceuls. Cette comparaison est habile parce que les bouleaux comme les suaires sont de couleur blanche, couleur qui est lumineuse la nuit.
   Les branches anguleuses des vieux arbres, hérissées de pâles lichens s'étendaient et s'entrecroisaient **comme de grands bras décharnés sur la tête de nos voyageurs.**
   L'auteur compare les branchages et la végétation qui les couvre à des bras d'une maigreur extrême s'élevant au-dessus des voyageurs.
   Dans les deux comparaisons la nature est présentée comme menaçante et lugubre. La nuit enveloppe tout et donne aux éléments naturels une dimension funèbre et macabre.

2. Hasardaient = risquaient
   Suaire = linceul
   Se dissipa = disparut

3. Les (étoiles) : article défini
   des (diamants) : article indéfini
   une (majestueuse obscurité) : article indéfini
   des (bouleaux) : article défini contracté
   leurs (suaires) : adjectif possessif
   quelques (notes) : adjectif indéfini
   de (grands bras) : article indéfini
   nos (voyageurs) : adjectif possessif

4. Couvrir au présent
   Je couvre – tu couvres – il couvre – nous couvrons – vous couvrez – ils couvrent
   Couvrir au futur
   Je couvrirai – tu couvriras – il couvrira – nous couvrirons – vous couvrirez – ils couvriront
5. Qui la couvraient : proposition subordonnée relative. Complément de l'antécédent "vapeurs".

Exercice 1

4ème leçon

Langage soutenu : garçonnet

Langage courant : garçon

Langage familier : marmot – gosse – gamin – mouflet – môme – petiot – moutard – bambin – poussin – lardon – mioche.

CORRIGE DES EXERCICES

5ème SÉRIE

1ère leçon

Exercice 1

1. Pronoms possessifs intrus : cela
2. Pronoms indéfinis intrus : ce
3. Pronoms relatifs intrus : on
4. Pronoms démonstratifs intrus : le leur

Exercice 2

Je : pronom personnel, 1ère personne du singulier, sujet du verbe savoir.
Qui : pronom interrogatif, sujet du verbe venir.
Qui (dort) : pronom relatif, remplace "chat", sujet du verbe dormir.
Celui : pronom démonstratif, masculin singulier, remplace "chat", attribut du sujet "le chat".
Nous : pronom personnel, 1ère personne du pluriel, sujet du verbe prendre.
Les vôtres : pronom possessif, féminin pluriel, remplace "clés", complément d'objet direct du verbe oublier.
Moi : pronom personnel, singulier, complément d'objet second du verbe prêter.
J'(ai perdu) : pronom personnel,1ère personne du singulier, sujet du verbe perdre.
La mienne : pronom possessif, féminin singulier, remplace "lampe", C.O.D du verbe perdre.
Celle-ci : pronom démonstratif, féminin singulier, remplace "lampe", sujet du verbe marcher
Aucune : pronom indéfini, féminin singulier, remplace "lampe", sujet du verbe marcher.
Les deux : pronom numéral cardinal, remplace "lampe", sujet du verbe casser.

Exercice 3

Présent	Imparfait
Il joint	il joignait
Ils joignent	ils joignaient
Il trait	il trayait
Ils traient	ils trayaient
Il absout	il absolvait
Ils absolvent	ils absolvaient
Il craint	il craignait
Ils craignent	ils craignaient
Il plaint	il plaignait
Ils plaignent	ils plaignaient
Il met	il mettait
Ils mettent	ils mettaient
Il connaît	il connaissait
Ils connaissent	ils connaissaient
Il prend	il prenait
Ils prennent	ils prenaient
Il naît	il naissait
Ils naissent	ils naissaient
Il rit	il riait
Ils rient	ils riaient
Il coud	il cousait
Ils cousent	ils cousaient

CORRIGE DES EXERCICES

5ème SÉRIE

2ème leçon

Exercice 1

1. que la tour de Babel **soit construite** : présent du subjonctif (passif)

2. qu'il parte : subjonctif présent

3. que les locataires **sont absents** : indicatif présent

4. que le film soit fini : subjonctif présent (passif)

5. **que le brouillard ait disparu** : subjonctif présent

6. **que leur club gagnera** : indicatif futur

Exercice 2

1. quel est l'animal … : interrogation partielle

2. pas de subordonnée interrogative

3. s'ils devaient engager la bataille : interrogation totale

4. quand la fusée atteindra Vénus : interrogation partielle

5. si tous les passagers sont assis : interrogation totale

Exercice 3

glissèrent	ont glissé
tirai	ai tiré
tomba	est tombé
descendis	suis descendu
posai	ai posé
fléchit	a fléchi
troubla	a troublé
reprit	a repris
assis	suis assis
bougeai	ai bougé